鬧鬼圖書館5

密室之謎

愛倫坡獎得主桃莉‧希列斯塔‧巴特勒作品

亞嘎◎譯

晨星出版

幽靈語彙

膨脹 (expand)

幽靈讓身體變大的技巧

發光 (glow)

幽靈想被人類看到時用的技巧

靈靈棲 (haunt)

幽靈居住的地方

穿越 (pass through)

幽靈穿透牆壁、門窗和
其他踏地物品（也就是實體物品）的技巧

縮小 (shrink)

幽靈讓身體變小的技巧

反胃 (skizzy)

幽靈肚子不舒服時會有的感覺

踏地人 (solids)

幽靈用來稱呼人類的名稱

嘔吐物 (spew)

幽靈不舒服吐出的東西

飄 (swim)

幽靈在空中移動時的動作

靈變 (transformation)

幽靈把踏地物品變成幽靈物品的技巧

哭嚎聲 (wail)

幽靈為了讓人類聽見所發出的聲音

第一章

最高機密

「凱斯！」小約翰在書牆後方喊著，「凱斯，你一定要來看看！」

凱斯和小約翰是兄弟，幽靈兄弟。他們之前和其他的家人一起住在一間舊校舍裡。現在，他們跟他們家的幽靈狗科斯莫，還有一個叫做貝奇的幽靈一起住在圖書館，還有名叫克萊兒的踏地女孩與她的家人。

克萊兒能看見幽靈，除了她之外，沒有人看得

兒。除非幽靈在他們面前發光。

「那裡有什麼？」凱斯呼喚著小約翰。他知道牆後方有一個祕密房間，貝奇時常為了避開踏地人躲到那裡頭，但凱斯從沒有自己穿牆過去。

「來就知道了。」小約翰回應凱斯。

「等一下。」凱斯說。

小約翰的頭從書牆穿了出來，「為什麼要『等一下』？」他問：「為什麼不是馬上來？」

貝奇嗤鼻一聲，「因為啊，小約翰，你的哥哥還是恐懼穿牆。」

「我才沒有！」凱斯抗議著。今天他已經穿牆四次了，他算是漸漸習慣了。「我只是想等一下克萊兒，不然她不知道我跑去哪了。」

「我不覺得克萊兒短時間內會來找你。」貝奇

說道。

　　或許貝奇說得對，克萊兒的爸媽去參加私家偵探大會一整個禮拜，現在一家人相聚有很多話可以聊。

　　「好啦，」凱斯說：「我會讓你知道我才不是害怕。」

　　「好耶！」小約翰大叫，接著他的臉從書牆中消失。

　　凱斯心臟砰砰砰的跳。他深呼吸，閉上雙眼後飄向書架。當凱斯正穿越書、書架還有牆時，他開始感到反胃。凱斯不斷地用力揮動雙手，踢著雙腳……直到他再次感覺到輕盈地飄浮於空氣之中。

　　小約翰咯咯的笑著，「睜開你的雙眼，凱斯，你到了！」

「汪！汪！」科斯莫雀躍地叫了兩聲。

凱斯先睜開一隻眼，然後再睜開另一隻。「我辦到了！」凱斯喜孜孜的笑著。

「我穿過重重阻礙來到了神祕小房間！」

貝奇跟在凱斯後面飄了進來，「若不是親眼見到，我可不會相信呢！」他說。

凱斯為自己驚嘆。

「瞧我說的，是不是一定要來看看？」小約翰揮著手說。

房間小小的，而且很暗，沒有任何門窗。但最有意思的是，房間內遍布幽靈物品。有一個布娃娃……幾串鑰匙……一個棒球手套……四顆球……一些襪子……一座樣貌奇特的雕像……兩隻泰迪熊……一隻舊鞋……一個溜溜球……還有一些

書……這些東西都與凱斯、小約翰、貝奇和科斯莫一起在房間裡飄浮著。

「這些東西都是哪裡來的？」凱斯環顧四周好奇地問道。

「四面八方，」貝奇回答：「很多東西是我搬來之前就在這裡了，其餘的是許多來來去去的幽靈留下來的。」

「這個看起來好有趣。」小約翰邊說邊拿起一個幽靈盒子，有個小轉軸突出於盒子的一側。

當小約翰轉動轉軸時，音樂隨之響起。就在這瞬間，盒子的頂端打開，一個小丑蹦了出來。

「**嗚哇啊啊！**」凱斯和小約翰嚇得尖叫。

貝奇看著兩人笑了。「你們兩個膽小鬼，害怕

7

小小的嚇人箱呀？」

「才沒有！」小約翰喘著氣說：「我什麼都不怕！」

科斯莫叼著一隻幽靈鞋飄到凱斯與小約翰身邊，那隻鞋子有些眼熟。

「嘿！那是──」凱斯開口。

「那是芬恩的鞋子！」小約翰大叫著，從科斯莫的嘴中拽下鞋子。芬恩是凱斯跟小約翰的大哥，大概一年前左右，芬恩穿越舊校舍的牆，不小心跑到外面去了，凱斯的爺爺跟奶奶前去救他，但最後他們也在外面失蹤了。

幾個月後，一些踏地人把舊校舍拆除。凱斯、小約翰、媽媽爸爸還有科斯莫也因而跑到外面失散了。凱斯和克萊兒一起調查他們的第二個案子時，

找到了科斯莫，小約翰則是幾天前才相逢的，他是跑進一本圖書館的書而來到這裡。他們兩個都不知道其他家人在哪裡。

「這是我們哥哥的鞋子嗎？」凱斯問貝奇。凱斯知道芬恩曾在圖書館待過一陣子，但那已經是凱斯來到圖書館之前好久的事情了。

「可能是吧，」貝奇說：「很難一一記得每個東西是從哪裡來的。」

「我想念芬恩，」小約翰說：「我也想念爺爺奶奶。」

「我想念我們一家人。」凱斯說。他不知道他跟小約翰兩個人還能不能再見到其他人，但他不願多想，那會讓他感到悲傷難過。

「你看這個。」小約翰抓住一個破舊的幽靈布

娃娃說道。

　　凱斯從娃娃的洋裝來看，認為娃娃很舊了。娃娃的頭髮是用紅色的紗線做的，而眼睛、鼻子跟嘴則是用黑線縫上的。

　　「你記得我說過，我來到這之前有跟一戶幽靈家庭住在一起嗎？」小約翰說：「那一家的小女孩，凱莉，她有個娃娃被風吹走了。她說娃娃的頭髮是紅色的，這裡寫的 KL 可能是凱莉名字的縮

寫，或許這個是她的？」

「我不知道，」貝奇說：「那布娃娃在這裡已經好久了。」

「嗯，她也說她的娃娃已經不見好久了。」小約翰轉頭對凱斯說：「我覺得我可以再次找到他們的靈靈棲，克萊兒會願意帶我們到那裡嗎？這樣我就能問凱莉了。」

「會吧，」凱斯說：「但她現在忙著跟她爸媽相處，我們再看一下這裡有什麼吧。」

凱斯注意到房間的後面有幾個踏地書架，每個架子上都塞著老舊的板條箱，它們是整個房間裡唯一的踏地物品。凱斯飄過去看箱子裡面有什麼。

沒有很多東西，只有一些舊紙張跟玻璃瓶，所有東西都覆上一層灰塵還有蜘蛛網。

當凱斯沿著書架往上飄的時候，他注意到最上層有一個棕色的踏地信封平放著，信封上潦草地寫著**最高機密**。

　　「你們有看到嗎？」凱斯伸手拿信封時問貝奇和小約翰，「上面寫著最高機密。」

　　「最高機密？」小約翰帶著幽靈娃娃飄過去。

　　拿著踏地物品對凱斯來說還是個新的技巧，他無法拿著信封太久，幾秒鐘後，信封滑過穿越他的手，然後掉到地上。

　　「你知道信封裡有什麼嗎？」凱斯問貝奇。

　　「不知。」貝奇說。

　　「我們打開來看！」小約翰馬上往下潛，飄到地板上抓起信封。他試著要打開信封，但他的手穿過了信封。小約翰又試一次，但這次信封掉了。

凱斯也試試看，不過他也沒辦法把信封打開。

連貝奇都嘗試過了。

但他們都沒辦法打開信封。他們不是手穿過信封，就是信封會掉下來，每次都一樣。

「或許克萊兒可以幫我們。」小約翰提議。

「怎麼做？」凱斯問道：「這是踏地物品，我們沒辦法帶著踏地物品穿越牆壁，而且這裡也沒有門，克萊兒沒辦法進到這個房間替我們打開信封。」

「如果你把信封變成幽靈，你就能帶著信封穿越了。」貝奇提議。

凱斯幾個禮拜前曾經把踏地檯燈變成幽靈檯燈，但他毫無頭緒自己是怎麼做到的。從那之後他再也沒能把踏地物品變成幽靈物品了，而貝奇也不

知道凱斯到底是怎麼做到的。貝奇之前從未看過任何幽靈把踏地物品變成幽靈。

「我試試看。」凱斯說。他飄下去並把手按在信封上。

什麼事情都沒有發生。

凱斯再次把手壓在信封上時，他告訴自己，**不要多想，做就對了。**

依然什麼事情都沒發生。

凱斯盯著信封，並且盡可能的集中精神。

變幽靈……變幽靈……變幽靈，他滿腦子地想著，他甚至閉上眼睛悄聲地說：「**變幽靈……變幽靈……變幽靈……**」

無論凱斯做了什麼，信封仍然是原樣。

第二章

幽靈娃娃
的麻煩

不知道是凱斯的幻聽，還是真的有人呼喚他？凱斯把耳朵貼到通往工藝室的牆上。

那聲音又出現了。一個輕柔細小的聲音從牆的另一邊傳來。「凱斯，你在哪？」

「克萊兒？」凱斯回應道，「我在這。」

「你在祕密房間裡嗎？」克萊兒的聲音變大聲了，顯然她已經來到牆邊，但她的聲音還是像被搗住般不清楚。

凱斯深呼吸，然後就飄過了牆跟書架。他用力踢，用力，再用力，直到他穿過牆壁回到圖書館的工藝室，吊在天花板的紙鶴在凱斯的頭頂上。

　　「真有你的，凱斯！」克萊兒拍著手，「你穿過了書架！你的幽靈技巧一天比一天厲害了呢！」

　　凱斯露出笑容。

　　克萊兒窺視書架，彷彿想要透視過去看到祕密房間。

　　「所以，裡面有什麼啊？」

　　「一堆幽靈物品。」凱斯說完，小約翰、科斯莫還有貝奇從書架穿了過來，飄在凱斯身後，小約翰手上抱著一堆幽靈物品。

　　「我們找到一隻我們哥哥芬恩的鞋子，」小約翰舉起鞋子說道，「然後我們還找到這個布娃

娃。」小約翰接著舉起了布娃娃，「我想這個布娃

娃是我朋友凱莉的。妳能帶我跟凱斯到他們的靈靈

樓，讓我們把娃娃還給她嗎？」

「好啊。」克萊兒在書架前來回邁步時回應道。

小約翰放開所有的幽靈物品，除了那個娃娃，

「妳能現在帶我們去嗎？」小約翰問。然後他身體

膨脹成超大一隻擋在克萊兒面前。

「等一下。」克萊兒邊說邊在小約翰身邊走來走去。

「為什麼每個人都說『等一下』？」小約翰發著牢騷。

「裡面有踏地物品嗎？」克萊兒問凱斯。這是凱斯第一次聽到克萊兒提到「踏地」，她向來不喜歡這個詞。

凱斯試著隱藏他的驚訝，「沒有很多，」他說：「只有一些舊紙張跟瓶子，喔！還有一個信封，上面寫著最高機密。」

「裡面有什麼？」克萊兒問。

「我們也不知道，」凱斯說：「我們沒辦法打開信封。」

「凱斯有試著把信封變成幽靈，好讓我們能帶

著信封穿越牆壁，但失敗了。」小約翰說。

「真希望我能進去那裡，然後把信封打開。」克萊兒說。

「我們現在能去凱莉的靈靈棲了嗎？」小約翰問：「拜託，從這裡過去不會很遠。」

「在哪裡？」克萊兒問。

「妳從這條街走到底然後通過公園，再轉一個彎，就會看到一棟紫色的大房子，窗戶的邊邊是粉紅色的。」小約翰說。

「喔，我知道那棟房子。」克萊兒笑著說，她瞥了一眼時鐘說：「時間有點晚了，我媽可能不會讓我出門，但我們可以試試看，你們準備好縮小了嗎？」克萊兒轉開了水壺的瓶蓋。

「你不用打開瓶蓋了啦，」小約翰說：「凱斯

現在可以穿越了。」

「是沒錯，但既然妳都打開了……」凱斯說。

比起穿越瓶身，凱斯還是比較喜歡從瓶口進入。

凱斯跟小約翰 **縮 小** …… **縮 小** …… **縮** …… 但小約翰遇到了問題。雖然他縮小了，但手上的娃娃卻沒有跟著縮小。

「嘿！」小約翰發現自己在大娃娃手上擺盪時，忍不住大叫了起來，「為什麼這個娃娃沒有跟

著一起縮小？」

「這可怪了。」貝奇摸著下巴說。

科斯莫聞了聞那個布娃娃，又聞了聞迷你小約翰。「小心點，科斯莫，」凱斯說著把幽靈狗拉住，「你可別把小約翰給吃了。」

小約翰膨脹回原來的大小，然後再試一次，但還是一樣。小約翰縮小了，但布娃娃卻毫無變化。

「讓我試試。」貝奇說。

小約翰放開巨大的布娃娃，然後飄到凱斯身邊。貝奇一把抓住布娃娃，然後**縮小**……**縮小**……*縮*……直到他變得跟凱斯還有小約翰一樣小。

布娃娃依然沒有隨著貝奇縮小。

「嗯哼，我從沒見過這種事情。」貝奇說著，

三個幽靈都回復到正常的大小。貝奇繞著布娃娃飄，從各種角度檢視娃娃。

小約翰抱怨道：「布娃娃進不去妳的水壺啦，克萊兒。那我們要怎麼帶它到凱莉那？」

凱斯也不認為克萊兒的後背包放得下這個布娃娃。克萊兒抿著嘴，凱斯知道那表示克萊兒在想辦法……想了又想……繼續想……

突然，克萊兒眼睛一亮。「我知道了，」她說：「我馬上回來。」

克萊兒衝出工藝室，然後幾分鐘後回來，帶著一個大大的瓦楞紙箱。「我們可以把布娃娃放進裡面。」她說完就咚的一聲把箱子放到地上。

「這應該行得通，」小約翰說：「凱斯跟我也能進到箱子裡面。」

凱斯不太確定自己是否想要待在箱子裡面。

「我會把箱子放在那間房子旁邊，」克萊兒說：「然後你們就能穿越箱子進到房子裡面，就像在找五點鐘幽靈時那樣。」

「如果有人看到妳呢？」凱斯問克萊兒：「如果他們想知道箱子裡面放了什麼怎麼辦？或是如果他們要妳帶著箱子離開，但我們卻還在房子裡的時候怎麼辦呢？」

小約翰用手拍了一下自己的額頭，「凱斯！你非得一直擔心**每、一、件、事、情**嗎？」

「對。」凱斯說。因為沒有人能考慮得更周全一點。

小約翰縮小……縮一點點而已，縮到跟幽靈布

25

娃娃一樣大。然後，他一手抱住娃娃飄進了箱子裡面。「快點啦，凱斯！」小約翰招手示意凱斯。

凱斯不得不注意到他的疑問沒有人回答，但既然沒有人擔心，凱斯也只好試著不去擔心。他縮小後跟小約翰一起待在箱子，克萊兒在他們頭上蓋上了箱子。

當克萊兒拿起箱子到圖書館通廊時，凱斯感覺到箱子在左右搖晃。他聽到圖書館大門打開的聲音，然後聽到克萊兒大喊：「我要去散個步！」

「慢著，克萊兒。」克萊兒的媽媽把她叫住。

凱斯聽到腳步聲喀達喀達喀達的走向他們。「妳箱子裡面裝什麼？」克萊兒的媽媽問。

凱斯無法確定克萊兒現在是站在圖書館裡面，還是圖書館外面的台階。

「嗯……」克萊兒說。

凱斯和小約翰屏住呼吸。如果克萊兒的媽媽把箱子打開的話，她會看到……嗯……什麼都不會看到。但如果他們在圖書館外面，凱斯、小約翰跟布娃娃都會因而被風吹走。

「這是個科學試驗。」克萊兒終於說了這句

話。克萊兒的媽媽喜歡邏輯跟科學，她可不喜歡談論幽靈。

「哪一種科學實驗？」克萊兒的媽媽問。

凱斯感覺到箱子在克萊兒的手上動了一下。「嗯⋯⋯在還不確定會不會成功之前，我不想講。」她說。

「好吧，」克萊兒的媽媽說：「一小時內回來，妳差不多該睡覺了。」

「我知道。」克萊兒答應媽媽。

凱斯聽到前門關上的聲音，他和小約翰彼此都鬆了一口氣。

「看吧，凱斯？」繼續往前走時，小約翰對凱斯說：「沒什麼好擔心的。」

「暫時是這樣。」凱斯咕噥道。

第三章
小約翰的幽靈朋友

凱斯不喜歡在瓦楞紙箱裡移動。他看不到任何東西，所以也不知道自己身在何處。

「我們快到了嗎？」凱斯問克萊兒。

「快到了，」克萊兒回答：「我看到紫色房子在前面了。」

「我等不及要見我的朋友了！」小約翰，他難掩興奮地摩擦著雙手。當他摩擦雙手時，他的雙手開始發光。

小約翰讓發光看起來好像是件很簡單的事，小約翰不用刻意想就能發光，這讓凱斯感到煩躁。

　　凱斯試著摩擦雙手，但任何事都沒有發生。

　　凱斯需要練一練他的發光技巧，他知道克萊兒的外婆在克萊兒這年紀的時候，看得到而且也聽得到幽靈，但她現在已經看不到也聽不到幽靈了，除非幽靈發光或哭嚎。如果克萊兒也跟她一樣怎麼辦？如果凱斯不會發光或哭嚎，然後克萊兒也看不到、聽不到他，那他們該怎麼繼續當朋友？

　　「我們到了。」克萊兒說。

　　凱斯感覺到箱子因為碰到地面而產生晃動。

　　「我找到了一個好地方躲藏，」克萊兒說：「箱子現在在房子旁邊了。」

　　「我們走吧，凱斯。」小約翰緊抓著娃娃說

道，準備要穿越箱子。

「等等！」凱斯抓住小約翰的衣服往後拉，「你怎麼知道從這邊穿過去會安全？如果這一側不是靠著房子的那一側，那你就會飄到外面去了！」

「喔！」小約翰倒抽一口氣。

兩個幽靈聽到箱子的一側傳來 **啪！啪！啪！** 的聲音，而那並不是小約翰打算要穿越的那一側。「是這一側喔。」克萊兒說。

有時候擔心是有好處的，凱斯想，**至少要多擔心一點點。**

小約翰這次穿越箱子，顯得謹慎許多了。當小約翰完全進到房子裡面後，凱斯深吸了一口氣，閉上雙眼，然後身體往箱子的側邊探去。

感覺怪怪的。箱子感覺又軟又黏的，跟穿越克

萊兒水壺的感覺真的很不一樣，也跟穿越工藝室書牆的感覺不一樣。

在箱子和房屋牆壁之間有個縫隙。在凱斯意識到發生什麼事之前，他感覺到自己的頭跟一隻手臂已經穿越牆壁，但他的身體在外面，介於箱子跟房子之間。而他的雙腿依然在箱子裡面。

他整個卡住了！

凱斯試著用力踢，但沒有任何改變，他試著飄回箱子也完全動不了了。他張開雙眼看到他的弟弟

在一間很豪華的客廳飄盪，手上抱著那個幽靈娃娃。小約翰已經膨脹回原來的大小了。

「小約翰！」凱斯呼喚著：「救我！」

小約翰轉身，「再踢用力點。」他說。

「我已經踢得很用力了！」凱斯大叫：「但沒有用啊。」

「試試看膨脹！」小約翰說。

凱斯膨脹了。但這只是讓他的雙腿對箱子而言顯得過大，膨脹無法讓身體其他部分穿過去。

小約翰放開手上的幽靈娃娃飄向凱斯，他雙手抓住凱斯的手臂然後用力**拉啊啊啊啊**。凱斯更用力地踢而小約翰也更用力地**拉啊啊啊啊啊**。最後，凱斯啪的彈出了箱子跟牆，和小約翰一起摔倒在屋內。

　　「噁，」凱斯抱著肚子說：「我有點反胃了。」

　　「可別吐了。」小約翰邊去拿布娃娃邊說。

　　「我盡量。」凱斯說。

　　小約翰往天花板飄去，「來吧，」他說：「這一家子喜歡在樓上出沒。」

　　凱斯從未穿越天花板過。他四處張望，發現房間一頭有樓梯，「我想我從樓梯上去好了。」他說。他現在沒有心情穿越任何新的東西。

　　「好吧，那樓上見。」小約翰直奔天花板。

凱斯緩緩飄上樓。他疑惑有踏地人住在這間靈靈棲裡嗎？他沒有看到或聽到任何踏地人的蹤跡。

　　當他一路飄上樓，到樓梯扶手上方時，他看到也聽到了其他的幽靈。「小約翰！小約翰！真開心能再見到你。」他們都向前圍繞在小約翰身旁驚呼。凱斯無法確認有多少幽靈，因為他們抓著小約翰又親又抱，好像小約翰是他們久沒聯絡的親戚。

凱斯覺得有點害羞。他飄回到樓梯口，直到小約翰喚他過去，「凱斯，過來見見大家。這是亞提、阿伸、凱莉，還有他們的爸媽，查斯特和佩。大家，這是我的哥哥凱斯！」

　　「凱斯！」小約翰的幽靈朋友們紛紛飄過來拍拍凱斯的手臂打氣。「我們很開心能夠見到你！小約翰的兄弟就是我們的兄弟！」

　　「謝謝。」凱斯說著，然後往後退了一點點。小約翰的朋友們真是友善。

　　「你有和其他家人團聚了嗎？親愛的。」當擁抱結束後，佩問小約翰，「有找到你媽媽嗎？」

　　「沒有。」小約翰搖搖頭。

　　小約翰跟凱斯說過，在他來到這個靈靈棲之前，媽媽也曾來到這裡。她還留下了項鍊的其中一

顆珠子，這樣如果凱斯的家人有到這裡的話，他們就會知道媽媽來過這裡。凱斯也有在克萊兒的學校找到一顆珠子，當時他跟克萊兒偵破了後台幽靈案件。但是現在他們兩個都不知道媽媽在哪裡。

「你抱著的是什麼東西，小約翰？」凱莉問。

「喔！」小約翰拿出幽靈布娃娃給凱莉看，「我在凱斯跟我現在住的圖書館裡找到這個，這是妳不見的娃娃嗎？」

凱莉搖了搖頭。「不是。」

「妳確定嗎？」小約翰說：「這是紅頭髮的娃娃啊！」他的手指滑過娃娃的紗線頭髮。

「是紅色的沒錯，但小紅的頭髮不是那樣的紅色。」凱莉說：「而且小紅不是軟趴趴的娃娃。」

「喔，」小約翰看起來有點失望，「那妳要不要這個娃娃啊？這娃娃有點奇怪。妳看，它不會縮小喔！」小約翰*縮小*……*縮小*……*縮*……但幽靈布娃娃還是維持一樣的大小。

「嗯……」查斯特說：「你知道這代表什麼，對吧？」

「不知道，是什麼？」小約翰問。

「這個娃娃曾經是個踏地娃娃。」查斯特說。

第四章

踏地或幽靈？

「這娃娃還在你這裡啊？」當克萊兒打開箱子後，凱斯、小約翰還有布娃娃從箱子飄出來，「你朋友不想要嗎？」

「娃娃不是她的。」小約翰說。

「但妳知道嗎？」凱斯飄到克萊兒旁邊，「小約翰的朋友們知道關於靈變的事情！」

看書的貝奇頭一抬，「靈變？」

「就是幽靈拿著踏地物體並把它變成幽靈物體

的技能。」凱斯說。

「這不是每個幽靈都能做到的事情喔，」小約翰說著：「查斯特說，『幽靈要不與生俱來就有靈變的能力，要不就是沒有。』」

「查斯特是誰？」貝奇眉頭一皺。

「他是凱莉的爸爸。」小約翰說。

「查斯特還說，要分辨幽靈物品是不是從踏地物品靈變來的，只要看那個幽靈物品能不能一起縮小，」凱斯說：「我們來看看是不是真的。」他飄到飄浮在桌子上方的幽靈檯燈旁邊，一把抓住檯燈，然後開始*縮小*……*縮小*……*縮小*……

檯燈並沒有跟著他一起縮小。

「哇！」克萊兒驚呼。她從包包裡拿出她的幽

靈紀錄本，並翻開到凱斯那一頁，然後寫下：他

可以靈變物體。

「如果他不能隨心所欲地靈變，我不確定這樣

算不算有這種能力。」貝奇在克萊兒身後看到她寫

下的句子後嘟嚷著。

　　克萊兒對貝奇擺鬼臉，「你只是嫉妒凱斯會一

項你不會的技巧。」

「哼！」貝奇顯露不悅。

「查斯特說這是非常稀有的技巧，」凱斯對著貝奇說：「非常少幽靈有這個能力。查斯特會知道是因為他的姊姊茉莉有這種能力。」

凱斯不敢相信他自己有這種能力，他現在只需要了解這技巧是如何運作的就行了。

其他幽靈，大多數的幽靈，根本沒有這個能力可以練習。

「所以，踏地物品被靈變為幽靈物品的話，還能再變回踏地物品嗎？」克萊兒翻頁時問道。

凱斯和小約翰互看對方。

「我不知道耶。」凱斯回答。兄弟倆都沒想到要問查斯特幽靈一家這個問題。

「可能查斯特也不知道，」小約翰說：「他姊

姊茉莉很久之前就被吹走了，在他們還是小孩的時候。我不認為他很了解靈變的事情。」

「我在想我會不會遇到一個能教我這技巧的幽靈。」凱斯喃喃著。

「我想你會，」小約翰說：「我們知道這裡曾有個幽靈也會這種技巧，除非這布娃娃是某天自己飄進來的。」他說著把布娃娃舉到他的頭上。

「我不認為這娃娃是自己飄來的，」克萊兒說：「不然它怎麼會在祕密房間裡面？一定是靈變娃娃的幽靈把娃娃藏在裡面。但到底是誰靈變了布娃娃呢？」

「還有為什麼他們要靈變這個娃娃？」凱斯問：「他們是有意要靈變它，還是不小心的？就跟我不小心靈變了檯燈一樣。」

「或許這不是那麼稀奇的技巧也不一定。」小約翰說。

「你確定你沒遇過其他能靈變踏地物品的幽靈嗎？」克萊兒問貝奇。

「就算有，他們也沒讓我知道。」貝奇回答。

「而且你也不記得那個布娃娃是什麼時候在那裡的？」凱斯問：「你來到圖書館的時候它就在這了嗎？」

「我待在圖書館已經二十年了，凱斯，」貝奇說：「你真心期待我會記得剛來的時候什麼東西已經在了，什麼東西還不在嗎？」

「我就會記得。」克萊兒說：「因為我會把事情記錄下來。」她高舉她的筆記本。

「哼！」貝奇回應克萊兒。

「或許我們應該仔細瞧瞧祕密房間裡面的其他物品，」凱斯提議，「我們可以試試縮小它們，看看有沒有其他東西也是從踏地物品靈變來的。」

克萊兒點點頭，「這是個好主意，凱斯。我覺得你可以先從旁邊這個嚇人箱開始。」她指著在房間角落飄浮的幽靈箱子，小約翰把它丟在那裡。

「讓我來！讓我來！」小約翰飄了過去，拿起了嚇人箱，然後縮小……縮小……縮小……

嚇人箱沒有跟著他一起縮小。

小約翰膨脹回他平時的大小，「這也是踏地物品靈變來的！」他興奮地大叫著，不自覺地發光了。發出的亮光從他的身體一起傳到嚇人箱上了。

　　「小心點，小約翰。」凱斯趕緊噓聲制止，

「你不能就這樣在房間裡說發光就發光，有可能會

被人看到。」凱斯指的當然是踏地人。

　　「對不起。」小約翰說完便停止發光。

　　「你們要不要回到祕密房間裡，看看還有哪些

東西原本是踏地物品啊？」克萊兒說。

　　「好唷！」小約翰說。他和貝奇飄進牆中。

　　凱斯往後飄，猶豫了一下，「真希望妳也能跟

我們一起過去。」他對克萊兒說。

「我也是，」克萊兒強顏歡笑，「但沒辦法，所以我只能等你告訴我裡面發生的每一件事！」

「我會的。」凱斯承諾克萊兒，然後就穿過牆壁了。

＊　＊　＊　＊　＊　＊　＊　＊　＊　＊　＊

凱斯和小約翰在祕密房間裡，嘗試縮小每一個東西。他們將物品分類為可縮小跟不能縮小，或說曾經是踏地物品，跟本來就是幽靈物品兩類。

「這串鑰匙曾經是踏地的。」凱斯在**縮小**……**縮小**……**縮**……到他比那串鑰匙還要小的時候說。

「這串鑰匙也是。」小約翰說。他翻了個筋斗跳躍過鑰匙圈。

　　就連貝奇都來幫忙。「這些襪子是踏地物品靈變來的。」他說著，一把將一堆襪子丟到跟剛剛那些鑰匙一起。「但這些是幽靈物品。」他把另一堆襪子丟到另一堆物品中。

　　「謝謝你幫我們，貝奇。」凱斯說。

　　「哼！」貝奇咕噥了一聲，「如果我不幫你們，你們會花一整個晚上。」

　　或許貝奇說得對。祕密房間裡很多幽靈物品，

而且反覆縮小跟膨脹身體這麼多次，會耗費好多幽靈的能量。

　　幾個小時過後，他們把所有物品做了分類。一堆是**曾經是踏地物品**，比另一堆**一直都是幽靈物品**的東西還多更多。

　　「為什麼有幽靈要靈變這麼多東西，然後把它們帶到這裡來啊？」凱斯飄在**曾經是踏地物品**的小山丘上大聲地問道：「那幽靈要拿這些東西來做什麼啊？」

　　「誰曉得？」小約翰說完抓起了那個紅頭髮的布娃娃。

　　而且這房間裡的踏地物品又是怎麼回事呢？凱斯想著。書架⋯⋯板條木箱⋯⋯紙張還有玻璃瓶⋯⋯寫著*最高機密*的信封。那些東西

是不是一直都是踏地物品呢？如果是，那些東西是怎麼被搬進來的？

　　凱斯飄過去再次嘗試把信封靈變成幽靈物品，只是想試試看這次會不會成功。

　　但沒有。

　　凱斯嘆了口氣。祕密房間裡，還有很多未知的東西。

第五章

校外教學

幾天後，克萊兒從學校回來後宣布，「我們班明天要去文史館校外教學。有誰想要一起去？」

「文史館是什麼？」凱斯問。

「就是博物館，」克萊兒說：「我們要去那裡了解我們城鎮的歷史。奶奶說可能會介紹圖書館，因為圖書館是鎮上其中一棟最古老的建築。」

「我當然要去。」凱斯說。如果他們會談到圖

書館，或許他們也會談到祕密房間。

「我想我會留下來跟你的狗作伴，」貝奇說著，搔了搔科斯莫的耳朵，「我對去離家很遠的地方冒險沒有太大的興趣。」

「而溫蒂和我會跟貝奇作伴。」小約翰說著，抱著紅髮的幽靈布娃娃。

「誰是溫蒂？」克萊兒問。

「我的娃娃，」小約翰說：「我叫她溫蒂。」

「那才不是你的布娃娃，小約翰。」凱斯說。

「就是我的！誰找到就是誰的。」小約翰說著，把娃娃抱得更緊了些。

＊　＊　＊　＊　＊　＊　＊　＊　＊　＊　＊

　　館員羅曼太太帶著克萊兒跟她的同學們參觀博物館，凱斯在上頭飄著。

「這是愛荷華州科爾斯鎮市中心，一九一〇年的樣貌。」羅曼太太指著一張老舊的黑白照片。

凱斯曾跟著克萊兒到市中心很多次，看起來跟這張照片很不一樣。照片裡沒有車沒有街道，只有兩匹馬拖著一輛馬車。

羅曼太太繼續沿著牆面移動，然後介紹更多張照片給大家。

「這個是舊法院。然後這張舊照上的房子，你們一定認得出來。」

「是圖書館！」有個踏地男孩大喊。

克萊兒站進一步想看個仔細，凱斯在她身後一起觀看。

照片下方的說明寫著

華特公館。建立於一九一八年。

「她住在圖書館。」有個踏地女孩用手指著克萊兒。

羅曼太太微笑著。「那妳是凱倫・靈斯東的外孫女嚕？」

克萊兒點點頭。

「嗯，妳真是個幸運的女孩，」羅曼太太說：「妳住在科爾斯鎮其中一棟最著名的建築裡！以前人們可會為了親眼看看圖書館的樣貌，而來到這城鎮呢！」

「為什麼它很有名？」站在克萊兒旁邊的一個男孩問。

「因為很大啊。」說話的是站在後面的一個女孩。

「而且很舊。」另一個女孩說。

「圖書館剛蓋好的時候，當時的居民從未有人見過這樣的建築物，」羅曼太太解釋：「即使是現在，圖書館看起來還是很令人驚艷，你們不覺得嗎？」

所有孩子都點了點頭。

「一位名叫馬丁‧華特的男子蓋了這棟房子，作為送給太太的禮物。」羅曼太太說。

「不得了的禮物，」克萊兒旁邊的男孩說：「來，送妳這棟房子！」

一些小孩竊笑了起來。

「確實是個很了不得的禮物，」羅曼太太說：「尤其華特並沒有孩子，雖然少了孩子穿梭在這些空盪盪的房間中，但馬丁‧華特有的是錢。」

「他哪來這麼多錢？」站在後頭的女孩問。

「我會解釋給你們聽。」羅曼太太說。她帶著這群學生到了博物館另一間展示區。展示區的標示上寫著：

華特瓶子工廠

這一區的牆上有更多的黑白照片，地板上還有好多瓶子堆在木箱裡。

「嘿，那些瓶子跟出現在祕密房間裡的瓶子一樣。」凱斯告訴克萊兒。

「馬丁‧華特在一九〇〇年時創立華特瓶子工廠，」羅曼太太繼續解說：「而且他還創造出一種

新的碳酸汽水，稱作華特汽水。這就是他致富的原因。」

「那汽水喝起來像什麼？」穿著藍色夾克的男孩說。

「我們認為喝起來可能有點像沙士，」羅曼太太說：「但現在沒有人真的知道味道如何。」

「為什麼？」後面的女孩發問。

「嗯，華特先生拒絕告訴任何人裡面放了些什麼，」羅曼太太說道：「他允諾有一天他會公開配方，在對的時機告訴對的人。但那天一直都沒有到來。」

「那麼，配方在哪裡？」穿著藍色外套的男孩問：「是在圖書館某處嗎？」

「哦，我不這樣認為，」羅曼太太說：「這城

鎮的每一個人都知道，配方對文史館來說有多重要。我只希望如果有人真的找到配方，他會把配方交給我們。但我不認為會有這天，我懷疑配方根本沒有寫下來，所以我們可能永遠不知道裡面到底有些什麼。」

凱斯和克萊兒互相看了對方一眼。難道祕密房間裡的那封信裡頭就是？華特汽水的配方？

如果凱斯能打開信封，或是把它靈變成幽靈信封後穿牆，他們就能一窺究竟了。

＊　＊　＊　＊　＊　＊　＊　＊　＊

克萊兒沿著工藝室後方的書架來回仔細查看。

「一定有個辦法可以進到祕密房間。」她說。

「有啊，」貝奇說：「穿牆！」

「我是說一定有個讓『人類』，不是幽靈，可

以進到祕密房間的方法。」克萊兒接著說：「像是祕密通道或是其他的東西，不然馬丁・華特是怎麼到裡頭的？他是怎麼把汽水的祕密配方藏在裡面的？」她推了推書架並到處摸書架上的書本。

「為什麼妳這麼肯定他有放進去？」貝奇問。

凱斯跟克萊兒告訴貝奇與小約翰他們在文史館聽到的事情。但貝奇不像凱斯和克萊兒那樣，他不相信那個信封裡面是汽水的祕密配方。

「不然裡面還有可能是什麼？」凱斯問。

貝奇聳聳肩，「任何東西都有可能。可能是配方，也可能是其他東西。我以為你們兩個是偵探，偵探可不會在確認實情之前就直接下結論。」

「我們才沒有！」克萊兒說：「我是覺得配方就在那個信封裡面，但在打開信封之前，我們也無

法斷定。所以我才要進到祕密房間裡啊！」她開始抽出書架上的書本，然後把書堆放在房間中央的桌子上。

　　「克萊兒！」一個聲音讓大家都嚇了一跳。是克萊兒的媽媽，她站在門邊，雙手插腰，「妳在做什麼？」

第六章

圖書館住戶？

凱倫奶奶隨後出現在克萊兒媽媽身後。「怎麼啦？」她疑惑地瞄了克萊兒的媽媽一眼，然後看到桌上的一堆書。

「我在找祕密房間的通道，」克萊兒說：「我們今天在文史館知道了馬丁‧華特的事情。他就是建造這個地方的人，他因為發明了新的碳酸汽水而變得有錢，所以才蓋了這棟房子。但沒有人知道汽水的配方在哪裡，我認為就在這後面。」克萊兒說

完朝牆面叩叩叩的敲了敲。

　　克萊兒的媽媽一個箭步走到了桌子旁，抱起一堆書，然後把書一一放回書架上。「相信我，克萊兒，配方不在那裡，」語氣十分堅定地說：「這屋子沒有什麼祕密房間。」

　　凱倫奶奶對克萊兒媽媽強硬的舉動感到驚訝。「我不確定，凱薩琳。」她說：「我想這後面可能有個小房間，我們之前住在這裡的時候，我就曾這樣懷疑過。如果妳從外面看，這房子的窗戶跟轉角的位置──」

　　「等等，」克萊兒打斷對話，「奶奶妳說『我們之前住在這裡的時候』是什麼意思？」

　　不管是克萊兒的媽媽或是凱倫奶奶，都沒有馬上回答。

「我知道媽媽還小的時候，你們住在這個城鎮，」克萊兒追問：「但你們實際上就是住在這裡？」

「沒錯，我們曾住在這。」凱倫奶奶說：「這裡好多年以來是一棟公寓，而我們就住在這個房間，工藝室就是我們的客廳、臥房還有廚房。浴室在走廊盡頭，跟現在的位置一樣。我們跟其他公寓的住戶共用浴室。」

「這個小房間是你們住的公寓？」克萊兒驚訝得大叫。

「沒錯。」凱倫奶奶說。

「為什麼你們從來沒有跟我說？」克萊兒問，她的視線在媽媽和奶奶身上來回看。

「這不是什麼祕密，」媽媽又從桌上抱起一堆

書說著，「只是我不喜歡談到那段日子，那不是什麼快樂的回憶。」

凱倫奶奶拉了張椅子坐下，她示意克萊兒也坐下。「我是單親媽媽，」凱倫奶奶開始說起她的故事，「我們努力過日子，維持生計。即使那段日子非常艱苦，但我一直都很愛這棟房子。不覺得這是妳見過最美的房子嗎？」

「是很棒。」克萊兒同意奶奶說的。

克萊兒的媽媽把更多的書，重重地往書架上放。

「希薇亞一直以來都把房子照顧得很好，」凱倫奶奶說：「希薇亞是之前的屋主。當她要賣這棟房子的時候，即便我知道我根本不想管理一間公寓，我還是無法抗拒，買了下來。不過那時所有房客都搬走了，而圖書館正好需要更多的空間，所以我決定把樓下租給市政府做為圖書館。樓上的空間，我自個兒住還是太大了，所幸後來妳和妳爸媽搬進來。船到橋頭自然直，妳說是吧？」凱倫奶奶拍了拍克萊兒的手臂。

　　「我想是吧。」克萊兒說。

「妳曉得的，」凱倫奶奶意味深遠地說：「如果妳想要知道更多這棟房子的故事，希薇亞曾住在這超過四十年。妳可能有在圖書館看過她了，她是一位年長的女士，時常戴著很華麗的珠寶。」

「喔，我想我見過她。」克萊兒說。

「我想我們曾幫她找到不見的耳環。」凱斯告訴克萊兒。

「沒有人比希薇亞・洛克更了解這棟房子的歷史，」凱倫奶奶說：「明天是禮拜六，我可以把她的地址寫下來給妳，妳要不要去拜訪她呢？問問她是否知道祕密房間的事情。」

「媽！」克萊兒的媽媽尖叫道。

「怎麼了？凱薩琳。」凱倫奶奶問道。

克萊兒的媽媽咬著牙說：「我不認為那是個好

主意。」

　　「妳說讓克萊兒去拜訪一個獨居女人不是個好主意？」凱倫奶奶問：「為什麼不是呢？」

　　但克萊兒的媽媽卻遲遲沒有回答。

＊　　＊　　＊　　＊　　＊　　＊　　＊

　　「溫蒂跟我這次可以跟嗎？」隔天凱斯和克萊兒準備出發去找洛克太太時，小約翰問他們。

　　「你可以來，」凱斯說：「但克萊兒的水壺放不下溫蒂。」

　　「我們不能帶箱子去嗎？」小約翰問。

　　「不行！」凱斯說：「我才不要為了讓你能夠帶著布娃娃，就得待在箱子裡移動。」

　　小約翰嘆了口氣，他問貝奇，「你能幫我好好照顧溫蒂嗎？」

「嗯哼。」貝奇從小約翰手中接過娃娃。

凱斯和小約翰開始**縮小**……**縮小**……**縮**……然後他們穿越克萊兒的水壺後，就往洛克太太家出發。

「我媽昨天怪怪的。」克萊兒走在路上的時候說道。

「確實有點奇怪。」凱斯在水壺裡說道。

「為什麼她會覺得拜訪洛克女士不是個好主意？」克萊兒問。

「我不太了解妳媽，」小約翰說：「但連我都覺得她怪怪的。」

當他們抵達洛克太太家時，克萊兒步上台階按了門鈴。

洛克太太只把門打開一點點，露出一道門縫

70

「有事嗎？」她說。

「妳好，我是克萊兒・坎朵爾。」克萊兒開朗地說：「我住在圖書館。」

「有事嗎？」洛克太太又問了一次，依然沒有把門打得再開一些。

「我有一些關於圖書館，我是說，關於那棟建築物的問題想要問您。我奶奶說妳可能比任何人都更了解圖書館的事情。」

洛克太太臉泛紅。「我想確實是，」她說：「進來吧。」她把門完全打開，克萊兒進門後她便迅速地再次關上門，「請脫鞋。」

「為什麼我們要脫鞋？」小約翰問。

「不是我們，」凱斯說：「她不是對我們說的，因為她看不到我們。而且我們不會在地板上

走。總之，她是要克萊兒脫鞋，因為她不希望克萊兒把泥土帶進來。」

「喔喔喔。」小約翰說。

當克萊兒彎腰脫鞋的時候，凱斯和小約翰從水壺裡穿越出來，並膨脹回原來的大小。每當凱斯成功穿越一次，也讓他覺得穿越踏地物變得愈來愈容易。他甚至不太會感到反胃了。而且，他必須承認，不用等克萊兒打開蓋子，而是直接穿越出來好多了。

洛克太太指了指靠近壁爐的一張高高的棕色椅子。「坐吧，妳想要喝茶嗎？」

「不了，謝謝您。」克萊兒說完坐到椅子上拿出了筆記本。「妳知道圖書館裡有任何祕密房間或是任何祕密通道嗎？」

「祕密房間或祕密通道？喔，那會很有趣！」洛克太太咯咯咯的笑著，「不過恐怕沒有。」

　　「妳確定嗎？」克萊兒問：「那工藝室書架的後面呢？我奶奶說在那面牆跟外牆之間有多出來的空間。那裡會不會有祕密房間？」

　　洛克太太想了一會兒。「我知道妳說的是哪裡，」她說：「我曾想把那面牆打掉，這樣公寓的空間就會更大點。但幫我裝修的人建議我別這樣做。」

「為什麼？」克萊兒問。

「知道嗎，我不太記得了。」洛克太太撓了撓她的頭，「不過如果妳真的很想知道，妳可以去問他。他的名字叫維特・海欣，他現在住在河景街上那間安養院。他負責那棟房子的所有整修工程，所以如果有什麼祕密房間或是通道，他應該會知道。」

第七章

好多幽靈！

凱斯和小約翰從未到過安養院。當克萊兒走進去時，門邊籠子裡一隻羽毛顏色有綠有黃也有藍的大鳥，歡迎他們的到來：「哈囉！哈囉！」那隻鳥粗聲招呼著。

「哈囉，」克萊兒對那隻鳥兒說：「你叫什麼名字？」

「哈囉！哈囉！」那隻鳥又叫了起來。

門一關上，凱斯和小約翰就立刻穿越水壺，並

膨脹到原來的大小。

「我都不知道原來鳥也會說話。」凱斯說著飄靠近鳥籠，但沒有飄得太近。

「他的名字叫漂漂，」一位在櫃檯後面的女士告訴克萊兒，「問他漂亮鳥兒是誰。」

「漂亮鳥兒是誰？」克萊兒問漂漂。

那隻鳥移動了腳爪，但沒有任何回應。

「漂漂啊，漂亮鳥兒是誰？」櫃檯的女士問。

「閉嘴！」鳥兒厲聲大叫。

「漂漂！」女士驚叫，而克萊兒，凱斯和小約翰呵呵呵的笑著。

「漂漂！」那隻鳥重複道。

櫃檯的女士沮喪地搖了搖頭。「請問有事嗎？」她問克萊兒。

「我想找維特・海欣。」克萊兒傾身靠到櫃檯上說道。

「好，」那位女士說：「他在 105 號房。這條走廊到底然後通過活動室，105 號房是右手邊第一間房。」

「謝謝。」克萊兒說完便和凱斯、小約翰一起往走廊移動。

「嘿！那裡有個幽靈！」小約翰指著前方。

「兩個幽靈！」凱斯說，跟第一個幽靈一樣。然後兩個幽靈迅速地從一個房間飄出來，橫越走廊進入另一個房間。兩個幽靈都沒有發光，他們也沒有注意到凱斯和小約翰。

克萊兒，凱斯和小約翰繼續往前走，來到了活動室。他們很驚訝地發現，有更多的幽靈飄浮在四個踏地人的頭上，那四個踏地人就著桌子在玩牌。

「嘿！你們是誰？」小約翰和凱斯飄到那些幽

靈身邊問道。他們都是幽靈女士，幽靈老太太。老太太們轉頭看向凱斯跟小約翰。

那些踏地人也跟著抬頭看。

「這兩個男孩是誰？」淺藍色頭髮的踏地女士問道。

凱斯盯著她。那個踏地女士是在跟他們說話嗎？她一定是。她剛剛說男孩而且她直視著他們。克萊兒還沒走過來，她停下來把她的偵探筆記本拿出來。

「我們通常不會在這裡看到年紀這麼小的幽靈。」坐在藍髮女士對面的踏地女士說。

「妳們看得到我們？」凱斯問那些踏地女士。凱斯和小約翰都沒有發光。

「我們當然看得到。」坐在兩位踏地女士之間

79

的男士說。

「我們年紀是大了，但我們眼睛沒瞎。」另一個踏地男士說。

「你的意思是說，你們全部都看得到我們？」小約翰瞪大雙眼驚呼。

「在這個安養院裡，幾乎所有人都看得到我們。」其中一位幽靈女士說：「我是說，所有已經上了年紀的人。」

「小約翰？凱斯？是你們嗎？」後面傳來叫喚凱斯他們的聲音。

凱斯和小約翰轉過頭去。

「奶奶 ?!」他們大喊，爺爺也在。

四個幽靈朝彼此飄去。凱斯和奶奶擁抱，而小約翰和爺爺抱在一起。然後換凱斯和爺爺抱在一

起，小約翰和奶奶擁抱。

　　「真是太棒了！是家人重逢。」一個幽靈女士說道。

　　「芬恩也在這裡嗎？」小約翰問。

　　「沒有，」奶奶回答。「我們從未找到他，你們在這裡做什麼？」

　　但在凱斯和小約翰兩個人開口解釋前，奶奶又再次擁他們入懷。「沒想到能再見到你們！」

　　「我⋯⋯也沒想到⋯⋯能再⋯⋯見到⋯⋯你們！」凱斯喘著氣說。

　　爺爺拉了拉奶奶的手臂。「你讓可憐的孩子喘口氣吧。」他說。

　　「抱歉，抱歉。」奶奶終於放開了凱斯和小約翰。

克萊兒輕咳了兩聲，她問：「凱斯？你要不要介紹我們認識？」

　　爺爺看了克萊兒一眼，「這個踏地孩子是誰？」他問：「她為什麼知道你的名字？」

　　「我們沒發光她也看得到我們？」奶奶問。

　　「對，」凱斯回答：「奶奶，爺爺，這是克萊兒。她是我的朋友。」

　　「很開心見到你們。」克萊兒伸出手說道。

　　爺爺和奶奶都伸出了他們的幽靈手與克萊兒的踏地手碰了一下，手的距離是最靠近的一次了。

　　「妳找不到海欣先生的房間嗎？」櫃檯的踏地女士問克萊兒，她推著推車來到活動室，她的推車穿過奶奶。「105 號房在這裡。跟我來，我幫妳介紹。」

克萊兒看起來有點猶豫。她當然很想跟海欣先生談一談，但她也很想留下來跟凱斯和小約翰一起和爺爺奶奶聊一聊。

「去吧，」凱斯對克萊兒說，「妳跟海欣先生談完之前我們都會在這裡。」

克萊兒點點頭後，匆匆跟上櫃檯小姐。

凱斯不確定爺爺奶奶是否能接受克萊兒，凱斯家的人總是不斷告誡他要離踏地人遠點。

「克萊兒人真的很好。」凱斯對爺爺奶奶說。

「她真的是個好人。」小約翰也聲援凱斯的話。

「克萊兒絕不會傷害幽靈，」凱斯繼續說：「她會幫助幽靈，她一直在幫我找家人。」

「沒關係的，凱斯。」爺爺說：「我們很高興

你認識了一個友善的踏地女孩，我們在這間安養院也遇到了不少友善的踏地人。」

「對啊，或許我們一直都錯怪踏地人了，」奶奶說：「我們遇到的都很和藹，但我們想聽更多你們的事情。你們來這裡做什麼？你們怎麼沒待在我們的靈靈樓？」

凱斯和小約翰看了彼此一眼。爺爺和奶奶被風吹走的時候，是靈靈樓被拆掉前的事情。所以爺爺奶奶不知道他們的靈靈樓已經沒了。

於是，凱斯和小約翰告訴爺爺奶奶，有一台大卡車帶著破壞球來到了他們的靈靈樓，然後摧毀了他們的舊校舍。

奶奶把手放到胸前安撫自己後說：「那大家呢？」她問：「你爸媽呢？」

「我們不知道，」凱斯說：「我們失散了。」

凱斯告訴他們，他是怎麼被風吹到圖書館去。小約翰則告訴他們他是怎麼被吹到牛舍去，然後又到了另一棟靈靈樓，在那裡他認識了凱莉一家。

「在我們的靈靈樓被拆之後，我們就沒見過爸爸跟媽媽了。」小約翰說。

「但我們有找到媽媽項鍊上的珠子。」凱斯說。他摸了摸他的口袋，拿出了一顆小小的幽靈珠子，「小約翰也有一顆。」

小約翰拿出了他的珠子給爺爺奶奶看。

「凱莉的爸媽告訴我，他們聽說圖書館有幽靈，所以我想辦法飄到那裡去，但風一直把我吹過頭，」小約翰說：「然後我想到了一個辦法，躲在圖書館的書裡面，這就是我終於抵達圖書館的方

法！」

「你真聰明。」奶奶說。

「對吧！」小約翰說：「而且很勇敢！」

「喔，弟弟。」凱斯翻了白眼。

「我們前幾個月也經歷了很多事，」爺爺說：「我們試著要找芬恩，但風一直把我們吹向他處。有天風把我們吹到這裡來，然後，嗯……我們喜歡這裡，所以我們就留下來了。」

「這裡的踏地人也都有很精采的人生經歷跟故事，」奶奶說：「而且我們好喜歡這裡的所有活動。這裡會舉辦電影之夜，還有音樂、紙牌遊戲。我們從未有過這麼歡樂的時光！」

凱斯很開心爺爺奶奶找到這麼棒的靈靈棲。

過了一會兒，克萊兒回來了。

「海欣先生當著我的面睡著了，」她跟幽靈們

說：「但沒關係，我們也該回圖書館了。你們準備

好了嗎？」

「我得再問這裡的幽靈們一個問題，」凱斯

說：「你們有誰知道靈變嗎？」

「靈變？」四個幽靈女士一臉困惑。

「就是把踏地物品變成幽靈物品。」小約翰飄向前說道,「凱斯辦得到喔!」

「那個,」凱斯開口,「我曾經靈變過一次,但我不知道我是怎麼做到的。」

爺爺和奶奶神情怪異地互看了一眼。

「所以,那是真的?」奶奶說。

「什麼是真的?」小約翰問。

「孩子你們要知道,」爺爺說:「這是非常罕見的技巧,所以大部分的幽靈甚至不知道這技巧是否真的存在。我的叔叔班傑明聲稱他會靈變,但沒有人看過他靈變任何東西。所以我們以為那個只是傳言而已,但凱斯,如果你也會靈變的話……」

「我可能會,但我不知道要怎麼做到,」凱斯說:「你們有誰知道嗎?」

凱斯的爺爺遺憾地搖搖頭。

「我本來還期待你能告訴我們靈變是怎麼做到的。」爺爺說。

凱斯嘆了口氣。

克萊兒拿出手機看了時間。「凱斯，你會想到方法的，我知道你一定可以，但我如果不趕快回到圖書館，我就要倒大楣了。」說著，克萊兒拿出她的水壺。

凱斯和小約翰開始 縮 小 …… 縮 小 …… 縮 …… 但奶奶中斷他們，「等等，你們不是要跟她走吧，是嗎？」

「當然不行。」爺爺說完抓住凱斯和小約翰的手臂，「現在我們重逢了，他們要跟我們一起待在這裡。」

第八章

家庭紛爭

「不要！」小約翰大叫：「我才不要待在這裡。我要回圖書館，溫蒂跟科斯莫在那裡。我們不能離科斯莫而去，我們也不能離開貝奇，沒有我們他會很孤單。」

「貝奇是誰？」爺爺問。

「他是另一個住在圖書館的幽靈。」凱斯說。

「他很老，跟你一樣。」小約翰補充。

「小約翰！」凱斯用手肘推了一下他弟弟，

「這樣不禮貌。」

「喔，沒關係的，凱斯。」奶奶微笑說道，「我們知道我們很老了。」

「要不妳和爺爺跟我們一起回圖書館吧？」凱斯說：「我們得縮得很小很小才能全部進到克萊兒的水壺裡，但圖書館有足夠的空間容納我們。」

奶奶看向爺爺，「我喜歡這裡，」她說：「我不想到其他地方。」

「可是，我們也喜歡圖書館。」小約翰說。

「我不是故意偷聽，」那位藍髮的踏地女士說：「但我想妳應該要讓這兩個幽靈孩子跟他們的朋友一起回去才是。他們想要跟同年齡的人待在一起。」

「而你們應該要跟我們待在一起。」一位幽靈女士說。

「我保證我一定會好好照顧凱斯和小約翰

的，」克萊兒對爺爺奶奶說，「貝奇也會。我會把他們兩個帶來探望你們的，每天也可以！如果你們想的話，拜託？」

「拜～～～～託！」

凱斯和小約翰哀求爺爺奶奶。

「嗯，」奶奶說：「我想他們都自己生活這麼久了。」

「而且，聽起來他們有個負責任的成年幽靈在照顧他們。」爺爺說。

「如果你們能保證時常來探望我們，那就能跟你們的朋友走。」奶奶說。

「萬歲！」凱斯、小約翰和克萊兒齊聲歡呼。

「可千萬別讓你們爸媽知道是我們同意的喔！」奶奶說。

「一言為定。」凱斯說。

回去的路上，凱斯問克萊兒，「海欣先生有跟妳說為什麼他不希望洛克女士把圖書館的牆拆了嗎？他知不知道那間祕密房間？」

「他說那面牆是支撐房子其他部分的主要牆面，」克萊兒說：「所以那面牆不能拆。至於圖書館裡有沒有祕密房間或是祕密通道，他一無所知。」

凱斯唉嘆了一聲。他和克萊兒以及小約翰，都沒有更接近祕密房間裡最高機密信封的真相。他們也沒有更進一步的線索能讓克萊兒進入祕密房間。

但他們找到爺爺奶奶了！這可是大進展。

＊　＊　＊　＊　＊　＊　＊　＊　＊

當克萊兒回到家時，她的媽媽正在門內等她。

當克萊兒一開門，她就立刻跳了起來，「你這段期間都在洛克太太那嗎？」她問。

「我並沒有都在洛克太太那裡。」克萊兒把她身後的門關上時說道。

凱斯和小約翰穿越水壺，然後膨脹回原來的大小。小約翰飄去找貝奇拿他的布娃娃。

克萊兒的媽媽在通廊上跟在克萊兒身後，她問：「所以，妳和洛克太太說了什麼？」比起克萊兒到底去了哪些地方，克萊兒的媽媽似乎更在意洛克太太說了什麼。

「她有提到什麼祕密房間或是祕密通道嗎？」克萊兒的媽媽問：「她覺得那個年代久遠的汽水配方在這棟房子的某一處嗎？」

「我沒有問洛克太太配方的事情，」克萊兒

說：「我只有問祕密房間。」

「那她說了什麼？」克萊兒的媽媽緊貼著克萊兒，眼睛也緊盯著克萊兒，讓克萊兒感到不自在。

「她不覺得有祕密房間。」克萊兒一邊說一邊把她的大衣掛在衣架上。

克萊兒的媽媽頓時放鬆。

「妳還好嗎？媽。」克萊兒看著她的媽媽，「妳有點怪怪的。」

克萊兒的媽媽撥了撥頭髮，「我不懂妳在說什麼。」她說。

「那個，妳一點都不希望我去找洛克太太，但是現在妳追問了好多好多問題。」

「我是妳媽，」她不安地笑著，「我能問妳問題吧。」

「是沒錯，但妳問的問題比平常還多得多。」

克萊兒的媽媽頭轉到另一邊，「功課做了嗎？」她問。

克萊兒驚訝得一時語塞，「而現在妳轉移話題了！」

「我換話題是因為上一個話題已經結束了，」克萊兒的媽媽說：「妳的功課也結束了嗎？」

「沒有，」克萊兒坦承，「好，我去做功課。」她背起她的背包然後朝工藝室走去。

但她的媽媽擋住去路。

「我真的不太希望妳都在工藝室做功課，妳就不能去樓上做嗎？」

克萊兒閃過她媽媽嘟囔道，「在工藝室做功課又不會怎樣。」

「妳一定要爭這個嗎？」克萊兒的媽媽疲憊地說：「妳不能就照我的話做？」

「好啦，」克萊兒氣惱地說道，「我去樓上做功課。」

「妳媽是怎麼了？」凱斯飄到克萊兒身邊問道，小約翰緊抱著溫蒂現身在後面。

「我也不懂。」克萊兒壓低音量回答。

「我去找答案。」小約翰說。他翻了個筋斗飄到克萊兒媽媽的身後，然後飄到克萊兒媽媽的正前方，這樣她就會看到他。然後，慢慢地，他開始發光。發出的光透過小約翰的身體傳到布娃娃身上。

「小約翰！不行！」凱斯大叫，趕緊飄到小約翰旁邊。

99

克萊兒也跟在幽靈們後頭。

「為……什麼……妳……表現……得……那麼……奇怪……啊……？」小約翰對克萊兒的媽媽哭嚎說道。

毫無疑問的，克萊兒的媽媽一定看到、聽到小約翰了。「你……你……是誰？」克萊兒的媽媽嚇得結巴，「你在這裡做什麼？你拿著這娃娃做什麼？」

克萊兒嘆了口氣。「我實在不想讓妳知道真相，媽，這圖書館裡有幽靈。這個是小約翰。小約翰，這是我媽。」

「哈……囉……」小約翰哭嚎著。

「你拿著這個布娃娃做什麼？」克萊兒的媽媽又問了一次，她指著小約翰手上發光的娃娃。

「喔！」凱斯倒抽一口氣，「我不懂我們之前怎麼會沒想到。」

「想到什麼？」克萊兒當著媽媽的面問凱斯。

「克萊兒，妳媽媽的名字叫什麼？」凱斯問：「叫凱薩琳，對吧？妳奶奶叫她凱薩琳。KL 這個縮寫會不會就是指凱薩琳‧靈斯東 (Katherine Lindstrom)？」他指著布娃娃洋裝上面的字母。

克萊兒轉向她媽媽，「這是妳的娃娃！」

第九章

克萊兒媽媽的祕密

「**對**，那是我的蘇菲。」克萊兒的媽媽說，她的視線無法離開那個布娃娃。

「*蘇菲……？*」小約翰哭嚎，「*我……叫……她……溫蒂……*」小約翰緊摟著娃娃然後轉向凱斯，「我需要還給她嗎？」

「這個嘛……」凱斯的話只有克萊兒跟其他幽靈才聽得見。他不確定自己該說什麼，只要小約翰

一放手，那個娃娃就不會再發光，克萊兒的媽媽就再也看不見這娃娃了。但這娃娃仍然是屬於她的，而不是小約翰的。

「你是怎麼拿到我的布娃娃的？」克萊兒的媽媽質問。

「我……在……祕密……房間……裡……找到……的……」幽靈同時發光跟哭嚎需要耗費很多能量。尤其是物體一起發光的時候，耗費的精力就更多了。小約翰沒力了，最後他的光熄滅了。

克萊兒的媽媽眨了眨眼。「他去了哪裡？」她四處張望。

「他還在這裡，」克萊兒說：「他只是沒有發光了。這裡還有另外兩個幽靈，一個是我的朋友凱

斯，他不會發光。」雖然他知道克萊兒的媽媽看不到，但凱斯還是揮了揮手打招呼。「還有貝奇，我不知道貝奇會不會發光，貝奇你會嗎？」

「我選擇不發光。」貝奇說。

「發光就是幽靈想要被我們人類看到的時候會做的事情。」克萊兒跟她媽媽說。

「我知道發光是什麼意思，」克萊兒的媽媽不以為意地回應克萊兒，她更急切地問：「我想知道的是那幽靈在哪裡？還有他拿著我的娃娃做什麼？」

克萊兒偏著頭問：「妳是怎麼知道發光的？」

這時候，凱倫奶奶來到圖書館通廊，科斯莫飄在她身後。「發生了什麼事？」她問。

「你在哪？幽靈？」克萊兒的媽媽在通廊上走

來走去，不斷來回巡查每個幽暗角落。「快點出來發光，這樣我才能看到你在哪！」

小約翰帶著娃娃再次發光，但這次不像剛剛那麼亮了。「*很難……一直……發光……*」他哭嚎著。

克萊兒的媽媽迅速指向一處，「那裡！」她大叫著，然後小約翰和娃娃再次停止發光。「妳有看到嗎？媽。妳有看到那幽靈手上的東西嗎？」

　　凱倫奶奶走了兩步靠近小約翰，但她看不到小約翰和娃娃了。「看起來很像我媽做給妳的布娃娃。」她有點驚訝，「那個妳九歲的時候弄不見的布娃娃。」

　　克萊兒的媽媽搖搖頭。「媽，我沒有把它弄不見。」她說：「幽靈拿走了我的娃娃，然後現在在另一個幽靈手上了。」

　　凱倫奶奶看起來更驚訝了。她搔搔下巴，凱斯

幾乎看到凱倫奶奶在腦中拼湊整件事情。「凱薩琳？」過了一會兒，她說話了，「妳小時候看得到幽靈嗎？」

克萊兒驚呼，「妳可以嗎？媽媽？」

克萊兒的媽媽遲疑了幾秒，然後她點點頭。

「妳也看得到幽靈喔？」克萊兒大喊的同時，凱倫奶奶說：「為什麼妳從來沒有告訴過我？」

克萊兒的媽媽張嘴咋舌。

「我們坐下來吧。」凱倫奶奶說著便帶克萊兒的媽媽走到長椅旁。克萊兒一屁股坐到奶奶跟媽媽之間。而凱斯、小約翰、貝奇跟科斯莫則在附近飄浮著。

「我小的時候也看得到幽靈。」凱倫奶奶說。

「妳看得到？」克萊兒的媽媽屁股挪近，「為什麼妳從沒跟我說過？」

凱倫奶奶微笑道：「我不知道。如果我知道妳也看得到的話，我一定會告訴妳。」

「我在西雅圖第一次看到幽靈的時候，我有試圖告訴妳。」克萊兒屈膝抱著，「在圖書館這裡

我也想告訴妳。但妳都跟我說，『禁止幽靈話題。』」

「我知道，親愛的。」克萊兒的媽媽回應，「或許這是個錯誤的決定。能看見幽靈並不是一件正常的事情，我不想要妳被學校的小朋友取笑。我也不希望妳花時間跟這些幽靈相處。幽靈很危險！」

「危險！」貝奇哭嚎道。

「你們……踏地人……比我們……更危險……！」

「那是誰在說話？」克萊兒的媽媽四處張望。

「那是貝奇，」克萊兒說：「貝奇，跟我媽還有我奶奶打招呼吧。」

「哼！」貝奇用克萊兒的媽媽和奶奶聽不到的

聲音說。

　　克萊兒的媽媽身體後仰靠在牆上。「克萊兒，讓我告訴妳我小時候看到的幽靈。他們全都住在這棟公寓裡，而我第一個遇到的幽靈是個叫茉莉的女孩。」

　　茉莉？凱斯和小約翰互看對方一眼。

　　「那是查斯特姊姊的名字！」小約翰說：「查斯特的姊姊被風吹走之後到了這裡嗎？」

　　凱斯也在思考這件事。

　　「茉莉是我的朋友，」克萊兒的媽媽繼續說道：「在幽靈之中，茉莉擁有一項很特殊的技巧。她能讓東西消失於踏地世界中！」

　　「一定是那個茉莉。」小約翰愈說愈興奮。

　　凱斯也認同。

「凱斯也會靈變東西。」克萊兒說。

「他會？」克萊兒的媽媽問。

「那個──」凱斯有點侷促不安。

「如果他無法掌控自如的話就不算！」貝奇說道。

「所以，茉莉怎麼了？」小約翰問：「她現在不在圖書館這裡了。」

「繼續聽下去，我們或許會知道答案。」凱斯說道。

「凱斯的狀況我不清楚，但茉莉很喜歡靈變一些像是襪子或是鑰匙的東西，她喜歡開玩笑。」克萊兒的媽媽笑著說：「有時候她會拿走小朋友的玩具，尤其是那些取笑我的小朋友。但她最終總會靈變那些東西回到踏地世界，並歸還給他們。」

所以把幽靈物品變回踏地物品是可能的，凱斯想。

「我不明白為什麼妳要克萊兒遠離幽靈，凱薩琳，」凱倫奶奶說：「茉莉聽起來是個非常好的幽靈朋友。」

「她是。但是後來有個幽靈被吹來，」克萊兒的媽媽說，她臉上的笑容不見了，「她的名字叫安妮，她是個討人厭，很邪惡的幽靈。她要茉莉把整棟公寓的所有東西都靈變成幽靈物品，包括家具。她想要住在這裡的人們感到害怕，然後搬出去。這樣幽靈們就可以有屬於自己的地盤。」

「好壞。」克萊兒說。

「茉莉拒絕她後，安妮非常的生氣，」克萊兒的媽媽說：「她把茉莉從牆壁推出去，我跑到外面

想救茉莉，但卻束手無策，之後，我再也沒看過茉莉了。」

「喔～」克萊兒表達同情。

「當我回到屋內，」克萊兒的媽媽繼續說：「安妮抓起了所有茉莉靈變成幽靈的東西，包括我的娃娃。她把東西都放到牆後面，就是那個祕密房間的位置。然後她說，如果我或是任何人靠近那個房間，她就會做出很可怕的事情。所以我才不希望

妳去找洛克太太，克萊兒。我不確定她知不知道祕密房間的事情，而我也不想讓她鼓勵妳四處探找祕密房間。」

「所以妳早就知道祕密房間了？」克萊兒說。

克萊兒的媽媽點點頭，「我不知道裡面有什麼，但妳得離那面牆遠一點，克萊兒。我們不希望有幽靈傷害妳。」

「喔，親愛的。」凱倫奶奶說著，握起了克萊兒媽媽的手。「那些幽靈不會傷害我們的。」

「沒錯，」克萊兒贊同，「妳也不用擔心安妮的事情。她現在根本不在這裡，對吧？」克萊兒問她的幽靈朋友們。

「不在這。」凱斯和小約翰說。

「我從沒遇過叫安妮的幽靈。」貝奇說。

「貝奇說他在這裡從來沒遇過叫安妮的幽靈。」克萊兒跟她媽媽說，「他在這裡住好久好久了。這裡的幽靈都很好，是真的！」

　　「妳說妳的朋友凱斯也會靈變，」克萊兒的媽媽邊說邊撥一綹頭髮到耳後。「那他可願意大發善心幫我把娃娃變回來嗎？」

　　「他絕對願意做這件事情，」克萊兒說：「但他不知道他是怎麼做到的，他只有意外成功靈變過東西一次。」

　　「喔，」克萊兒的媽媽說：「嗯，或許我可以幫上忙。我知道茉莉怎麼使用她的技巧。」

第十章

靈變

「**靈**變的秘訣在於用你的拇指跟手指的指尖。」克萊兒的媽媽對著凱斯身旁的牆壁說道。

凱斯真希望自己會發光，這樣克萊兒的媽媽跟他說話時就可以看到他了。

「你得用拇指跟手指的尖端碰觸任何想要靈變的東西，然後迅速地把手抽回。」克萊兒媽媽用手示範著，「這就是把踏地物品變成幽靈的方法，如

果你有這個技能，就辦得到。」

「試一試，凱斯，」克萊兒催促著，「看看你能不能靈變地板上的那片樹葉。」凱斯往下飄到角落的盆栽旁，掉落的樹葉就在那。

「記得，只要用拇指跟手指的指尖。」克萊兒的媽媽再說了一次，所有目光焦點都落在凱斯身上，還有那片樹葉。

凱斯緩緩撿起樹葉，他用拇指和手指拿起葉子然後放手。

當葉子飄落到地上時，依然是踏地的模樣。

「我想你收手的速度應該要再快一點。」克萊兒建議道。

「還有不要抓太緊，」克萊兒的媽媽說：「你必須要拿得鬆鬆的，不要施力。茉莉會用她的指尖

平衡東西，然後快速彈指鬆開手。」

凱斯再次拿起那片葉子。但他這次握得太輕，在他還沒嘗試靈變前，葉子已經掉下去了。

凱倫奶奶無奈地呻吟了一聲。

「繼續嘗試，凱斯。」克萊兒說。

凱斯嘆了口氣再次拿起葉子，這次他很輕柔很輕柔很輕柔。輕柔得好像葉子隨著凱斯的手指飄浮在空中，然後他快速彈指把手抽回，放開葉子。

凱斯驚愕地瞪大雙眼，看著葉子靈變成幽靈葉子了！

「你辦到了！」克萊兒拍手歡呼，她的媽媽和凱倫奶奶也微笑著。

「耶！凱斯！」小約翰驚呼。

甚至連貝奇都刮目相看。

「現在告訴他把葉子變回來。」坐在長椅上的克萊兒媽媽身子往前傾，「然後問他能不能把我的娃娃也變回來。」說著，她看起來愈來愈興奮。

「他聽得到你說話，媽。」克萊兒說：「他就在這裡。」

「我不知道我能不能把它靈變回去，」凱斯手上拿著那片幽靈葉子說：「我不知道要怎麼做。」

「茉莉有告訴妳，她是怎麼把東西變回踏地的嗎？」克萊兒問她媽媽。

凱斯把玩著樹葉。他嘗試用指尖擠壓葉子，**等等，我剛是用拇指跟食指，換根手指頭呢？**凱斯心想，於是他換了手指拿著葉子，就這

樣，葉子又再度變回踏地葉子了！

「我想他知道怎麼做了。」克萊兒的媽媽說。

凱斯再靈變葉子一次，然後再變回來，再靈變。他咯咯咯的笑著，「我想我會了！」

小約翰把布娃娃遞給凱斯。「來靈變溫蒂吧，」小約翰悶悶不樂地說：「這是克萊兒媽媽的布娃娃，不是我的。」

「謝謝你，小約翰，」克萊兒說：「我或許有其他布娃娃可以給你。」

「好啊。」小約翰說。

凱斯用兩隻拇指跟兩隻食指抓著布娃娃的肚子周圍。

娃娃變回踏地娃娃後掉到地板上。

克萊兒的媽媽起身衝去拿娃娃。「喔，謝謝

你，」她對著凱斯和小約翰之間的空氣說話，「謝

謝你！謝謝你！」

當克萊兒和她媽媽、凱倫奶奶一同讚嘆娃娃變

回來的時候，凱斯說：「我知道我現在要去靈變什

麼了。」

小約翰頓時為之振奮，「祕密房間裡的信封！」

幽靈們爭先恐後地飄向工藝室，然後他們穿越工藝室書架後方的那面牆。

凱斯飄到信封旁把信封拿起來，用拇指和食指的指尖拿著，然後迅速彈指把手收回。

信封靈變成幽靈信封了！

「啊哈！現在我們可以打開看看信封裡面有什麼了。」小約翰伸手拿信封時喊道。

「不行！」凱斯把信封搶回來，「現在我們可以把信封帶出祕密房間了。」凱斯抓緊手上的信封，他轉身穿過通往工藝室的牆。

小約翰碎碎念了一下。

「這麼快就回來了啊？」當三個幽靈回到工藝

室時，克萊兒看著他們說。她睜大雙眼看著凱斯手上的信封，「配方在裡面嗎？」

「我不知道，」凱斯說：「我想應該由妳打開信封。」他用拇指和中指的指尖擠壓一下了信封，信封變回踏地信封掉到地上。

克萊兒撿起信封的時候，克萊兒的媽媽和凱倫奶奶也走了過來。

「天啊，你連灰塵都靈變了。」克萊兒拂去灰塵說道，她的指尖滑入信封封舌下方，然後打開信封，拿出兩張很薄、已經褪色，皺皺的紙。

第一張是封信。「有點難以辨識了。」克萊兒說，然後瞇著眼睛讀信。

凱斯試著在她身後讀那封信，但一個字也看不清楚，他從來沒見過這麼奇怪的筆跡。

克萊兒試著推敲，然後慢慢地唸出來，「一九二八年八月十四日。敬啟者：沒錯，這就是，這就是我那聞名於世的華特汽水配方。因為……」克萊兒停頓，試著看懂下一個字，「艾瑪？等等，不對！是愛德娜。因為愛德娜與我膝下無子，我不知道這份配方要傳給誰。我們談過之後，決定把配方藏在這個櫃子裡面並封蓋起來，我們覺得讓後世發現配方應該蠻有意思的。」

「祕密房間裡原來只是一個櫃子嗎？」凱斯說。他本來期待會是更有意思的東西。

「那可是個很大的櫃子。」貝奇說。

「所以，配方裡面有什麼？」克萊兒的媽媽問道。

克萊兒拿起另一張紙，「五香粉、樺樹皮、香

菜、杜松、薑、冬青、啤酒花、黃樟根。」克萊兒
皺皺鼻子,「都是些怪東西。」

「就跟其他的汽水配方一樣。」

✳ ✳ ✳ ✳ ✳ ✳ ✳ ✳ ✳ ✳ ✳ ✳

隔天,克萊兒跟媽媽帶著配方到了文史館。凱
斯和小約翰在克萊兒的水壺裡。

「就是這個嗎?」當克萊兒從信封裡拿出那兩
張紙的時候,羅曼太太急切地問道,「這就是那份
消失已久的汽水配方嗎?」羅曼太太甚至不敢碰到
信封。

「我們覺得是,妳覺得呢?」克萊兒的媽媽說
道。

「我們會找專家進行鑑定,但我感覺是真
的,」羅曼太太說:「你們在哪裡找到消失這麼多

年的配方啊？」

　　克萊兒抿著唇。

　　「我們發現它藏在一堵牆後面。」克萊兒的媽

媽說，是事實，但不是全部的事實。

「喔，你們一定在圖書館裡下了不少苦功。」羅曼太太微笑說道。

「花了一點點時間而已。」克萊兒的媽媽說。

「我還是不懂，為什麼克萊兒跟她媽媽不想跟那個女士講我們的事情。」小約翰抱怨道，「如果沒有我們的話，他們永遠找不到配方。」

「我已經跟你解釋過了，」凱斯說：「許多踏地人都不相信有幽靈。」

「可這不代表我們不存在啊，」小約翰說：「我可以現在就發光證明給她看我們是真的存在──」

「**不！**」凱斯和克萊兒異口同聲地說。

「不什麼？親愛的？」羅曼太太問克萊兒。

「呃……不，我們才不是花了一點時間，我們

可是花了很大的功夫呢！只是在人們沒看到的時候做的。」

克萊兒的媽媽點點頭表示同意。

「聰明！」凱斯對克萊兒說，然後他轉向他的弟弟，「踏地人最好不要知道太多我們的事情。」

「好啦。」小約翰語帶失望地說道。

回圖書館的路上，克萊兒問她媽媽，「現在開始我可以幫忙妳跟爸爸偵辦幽靈案件嗎？凱斯還是需要找到其他家人，誰知道我們會不會在某個鬧鬼的屋裡，找到凱斯的爸媽或是他的大哥芬恩。」

「好吧，從現在開始，我們若是有接到幽靈案件的電話會跟妳說，」克萊兒的媽媽答應克萊兒。

「這是為找到我娃娃的幽靈朋友們，能做的一點事情。那個娃娃很特別，因為是我奶奶做給我的。那

是唯一一個她親自做給我的東西。」

「說到爺爺奶奶，」凱斯說：「什麼時候可以帶我們去看我們的爺爺奶奶？克萊兒。我想要讓他們看看我學會的靈變技巧。」

「我們可以現在就去。」克萊兒說。

「去哪？」克萊兒的媽媽問。

「帶凱斯跟小約翰去探望他們的爺爺奶奶，」克萊兒說：「他們現在跟一群幽靈住在安養院裡。妳能載我們去嗎？」

「一群幽靈？」克萊兒的媽媽挑了挑眉，「我說妳到底認識了多少幽靈啊？克萊兒。」

克萊兒笑了。「喔，媽，可多著呢！」

國家圖書館出版品預行編目資料

鬧鬼圖書館5：密室之謎 / 桃莉·希列斯塔·巴特勒（Dori
Hillestad Butler）作；奧蘿·戴門特（Aurore Damant）繪；亞
嘎譯. -- 臺中市：晨星，2018.08
　　冊；　公分.--（蘋果文庫；97）
　　譯自：The secret room #5 (The Haunted Library)
　　ISBN 978-986-443-465-7（第5冊：平裝）

　874.59　　　　　　　　　　　　　　107008330

蘋果文庫 97

鬧鬼圖書館 5：密室之謎
The secret room #5 (The Haunted Library)

作者｜桃莉·希列斯塔·巴特勒（Dori Hillestad Butler）
譯者｜亞嘎
繪者｜奧蘿·戴門特（Aurore Damant）

責任編輯｜呂曉婕
封面設計｜伍迺儀
美術設計｜張蘊方
文字校對｜呂曉婕、陳品璇
詞彙發想｜亞嘎（踏地人、靈靈樓）、郭庭瑄（靈變）

創辦人｜陳銘民
發行所｜晨星出版有限公司
行政院新聞局局版台業字第2500號
E-mail｜service@morningstar.com.tw
晨星網路書店｜www.morningstar.com.tw
法律顧問｜陳思成律師
郵政劃撥｜15060393（知己圖書股份有限公司）
讀者專線｜04-2359-5819#212
印刷｜上好印刷股份有限公司

出版日期｜2018年8月1日
再版日期｜2023年11月1日（三刷）
定價｜新台幣160元

ISBN 978-986-443-465-7
This edition published by arrangement with Penguin Workshop, an imprint of Penguin Young
Readers Group, a division of Penguin Random House LLC.
The secret room #5 (The Haunted Library)
Text copyright © Dori Hillestad Butler 2015
Illustrations copyright © Aurore Damant 2015
Complex Chinese edition copyright © 2018 MORNING STAR PUBLISHING INC.